AF410562

SIRENAS

ÁLVARO ROSA

Una cosa

Esta novela salió como resultado de un reto con compañeros de mi trabajo en Agosto de 2018.

Me tocó escribir en un mes una historia de al menos 25 páginas que mezclara sirenas, científicos y que sucediera en Australia.

Además de eso, quise que esta pequeña historia sirviera como precuela de mi novela ya publicada Dos balas, reutilizando incluso personajes.

Lo que vas a leer a continuación es el resultado de todo esto. Espero que lo disfrutes.

Prólogo

Brisbane, Australia, enero de 1990

— Quiero ir a la Gran Barrera de Coral— dijo la sirena.

— ¿Qué?

— Que quiero ir a la Gran Barrera de Coral— repitió.

— ¿Para qué?

La joven sirena se sumergió en su enorme tanque, dio un par de vueltas sobre sí misma y volvió a asomarse apoyando los brazos en el borde, esta vez más cerca de su único amigo. Necesitaba hacerlo puesto que su piel todavía no estaba preparada para estar demasiado tiempo fuera del agua y estaba empezando a resecarse. Mientras tanto, su anciano amigo no levantaba la vista de su mesa de trabajo de aquel lúgubre lugar, mesándose la barba, sin parar de teclear en su fiel máquina de escribir y garabateando en sus papeles.

— Creo que es mi lugar, Lev.

El hombre paró de escribir, cerró los ojos durante un par de segundos y giró su silla hacia ella. Guardó la pluma con la que estaba garabateando en el bolsillo de su bata blanca y se levantó. Fue andando hacia el tanque con cierta dificultad. Su edad y sus achaques no le permitían ir mucho más rápido. Además, tuvo cuidado de mirar por dónde pisaba, pues el suelo estaba muy mojado, incluso con partes anegadas por el agua que hacía salir la sirena cuando se asomaba o de las fugas de todos los tubos que iban de un lado a otro llevando agua limpia y oxigenada.

— ¿Tu lugar? — le dijo cuando llegó a su lado mientras levantaba la cabeza para mirarle a la cara asomada a unos dos metros y medio de altura—. Tu lugar ahora mismo es este. Tu momento todavía no ha llegado, pero te prometo que en un futuro saldrás de ahí y podrás ir donde quieras.

— ¿De verdad? — le preguntó sin cambiar la expresión neutra que casi siempre tenía.

— Sí — respondió Lev mientras sacaba un pastillero del bolsillo derecho de su chaqueta y se tomaba una pastilla blanca echando la cabeza violentamente hacia atrás—. Además, sabes que ahora mismo no tenemos forma de llegar hasta allí, ¿verdad? Creo que está a más de mil kilómetros.

— Quiero ir— dijo para después volverse a sumergir. Cada vez le costaba más respirar fuera del agua.
Lev no pudo evitar sonreír al escuchar la tozudez de la sirena. Se subió las gafas y las posó sobre su cabeza poco poblada, esperando que volviera a asomarse.

— ¿Tienes más dificultad para respirar? —le preguntó preocupado.

— ¿Iremos? — dijo, ignorando la pregunta que le acababa de hacer.

— Iremos— respondió resignado y resoplando.

— Sería muy feliz, Lev— dijo la sirena fingiendo una mueca de felicidad.

El anciano ruso sonrió mientras miraba la jovial cara de la sirena y evitaba que le cayera encima el agua que estaba chorreándole de su pelo rubio.

— Claro que serás muy feliz. Pero lo que es más importante, harás feliz a mucha gente, harás feliz a la humanidad.

1

Cormac Brennan acababa de aterrizar hacía unos minutos en el aeropuerto de la capital del estado australiano de Queensland y tercera ciudad más poblada del país, solo por detrás de las gigantescas Sídney y Melbourne. Siempre le sorprendió que la capital del país no fuera una de aquellas tres ciudades, dado que sus habitantes se contaban por millones y sin embargo lo fuera Canberra, una ciudad de apenas trescientos mil habitantes.

«Están locos estos australianos. Bueno, no me debería extrañar en un país fundado por y para delincuentes», pensó sonriendo.

Debía dirigirse cuanto antes hacia Southbank, a unos veinte minutos del aeropuerto, así que fue a recoger el escaso equipaje que llevaba, compuesto por dos maletas pequeñas, a las cintas transportadoras. De camino allí le llamó la atención una pantalla que estaba dando las noticias con un presentador trajeado y bastante serio y se paró para ver de qué hablaban. El volumen estaba quitado, pero al ser un canal de noticias veinticuatro horas, éstas estaban grabadas y tenían subtítulos:

— … los rusos no cejan en su empeño de mandar a un hombre a la luna en una misión conjunta con la emergente agencia espacial de la República Popular China que costaría unos…

El viejo irlandés entrecerró los ojos con incredulidad. «Creía que habían aceptado que habían perdido la carrera espacial en 1969, por mucha Laika y mucho Gagarin que mandaran al espacio», pensó mientras reanudaba quejosamente su marcha para detenerse unos pasos más adelante al ver que cambiaban de noticia:

— … y hoy se cumplen 10 años de la trágica desaparición del pequeño Johnny Wilshire en las vacaciones que estaba pasando con sus padres por navidad en la ciudad…

Cormac recordaba aquello, fue un caso muy mediático en el que los padres no pararon de pedir ayuda por todos los medios de comunicación posibles, como ahora mismo estaban haciendo en un directo con una joven reportera que llevaba una expresión exageradamente triste y que no parecía demasiado real ni sincera.

— … sabemos que es difícil que volvamos a ver a nuestro niño — dijo serenamente la madre del pequeño—, aunque más bien ya sería todo un hombrecito, pero seguimos sin perder la esperanza…

Había visto suficiente. Ahora estaban enfocando al padre que solo asentía mientras su mujer hablaba, para realizarle una serie de preguntas morbosas y dolorosas y eso era algo que Cormac no soportaba. No por los padres ni por la noticia en sí, si no por intentar vender y explotar el sufrimiento de unos padres para ganar unos cuantos televidentes más. Esta vez sí que se puso en marcha y se dirigió a una terminal de intercambio de moneda para sacar unos cuantos dólares australianos, al menos para realizar una llamada y para pagar la carrera del taxi que le tenía que llevar del aeropuerto a Southbank, cerca del río Brisbane.

Se dirigió hacia una cabina telefónica y sacó una pequeña libreta del bolsillo trasero de su pantalón y empezó a pasar páginas hasta que encontró el número que necesitaba, escrito junto a un simple nombre de tres letras: Lev. Marcó con la esperanza de que su viejo amigo siguiera viviendo en la misma casa que la última vez que le visitó allí hacía ya años y que no hubiera cambiado de teléfono. Solo tenía un par más de nombres a los que podría recurrir, pero vivían bastante más lejos y no le sobraba el tiempo.

Después de cinco tonos sin que nadie descolgara el teléfono, la llamada acabó. Antes de pasar al siguiente nombre de la libreta, Cormac esperó unos segundos pensando con el auricular apoyado en la frente para finalmente volver a marcar el mismo número, esta vez con más suerte.

—¿Diga? —respondió al otro lado del teléfono una voz fatigada con acento ruso.

—¿Lev? Gracias a dios, soy tu viejo amigo Cormac, ¿me recuerdas?

—Claro —dijo sin ningún atisbo de alegría.

—Vaya ánimo… Yo también me alegro de escucharte. ¿Por qué no cogías el teléfono?

—Ah, estaba entrando por la puerta, lo difícil es que te lo haya cogido porque paso casi más tiempo en el laboratorio que en casa.

—Creía que te habías jubilado o que al menos te lo tomabas ya todo con más tranquilidad.

—No, no, estoy más centrado que nunca —dijo apresurado— Pero bueno, ¿qué quieres?

A Cormac no le gustaba el tono seco y apresurado de Lev, aunque nunca fue un tipo demasiado agradable al menos antes era educado y cordial.

—Pues necesito hablar contigo en persona para hablar de temas delicados que no puedo tratar por teléfono. Y si ya me dejas una cama durante unos días antes de irme hacia África me harías un gran favor. Durante unos segundos que parecieron eternos, Lev no dijo ni una palabra.

—No sé… —dijo al fin.

—Lev, sabes que no te pediría ayuda si no fuera importante. Y créeme, puede ser un tema muy grave.

—Está bien, ya sabes dónde vivo. Ven esta noche —respondió Lev, colgando a toda prisa y preparándose para volver inmediatamente al laboratorio.

—Muchas graci… —Cormac no pudo ni terminar la frase al oír como su interlocutor colgaba el teléfono.

«Esta noche… ¿y qué hago yo hasta esta noche?», se preguntó.

Se guardó la libreta que todavía tenía en la mano en el bolsillo trasero, cogió sus dos maletas y se fue con ellas en busca del servicio más cercano. Después de seguir unas cuantas flechas y de girar en un par de pasillos lo encontró. Se sentó en el único inodoro que estaba libre y cerró la puerta con pestillo comprobando que nadie le hubiese visto entrar. Con cierta dificultad consiguió ponerse la maleta más pequeña sobre las rodillas mientras la otra la dejaba junto a una pared llena de pintadas obscenas, intentando que le molestara lo menos posible. Abrió la maleta pequeña y cogió unas gafas modelo aviador de montura y cristales negros de una decena que había allí dentro y se las puso. De las tres pelucas que llevaba eligió la más pequeña, morena, no quería pasar calor en pleno enero australiano. Se miró en un pequeño espejo que tenía junto a todos los accesorios y asintió. Recogió todo con cuidado, abrió la puerta y se acercó al lavabo más cercano para a continuación lavarse las manos y refrescarse la cara.

2

—¿Qué soy? —preguntó de pronto la sirena.

Lev acababa de terminar de escribir su informe. Aunque hacía años que nadie le reclamaba ninguno, él seguía escribiéndolos religiosamente cada semana. Hacía demasiado tiempo que no trabajaba con nadie: después de formar durante años parte de un importante equipo en el campo de la investigación con animales (especialmente importante fue su trabajo en el envío de los primeros seres vivos al espacio por la agencia espacial soviética), su trabajo tomó un papel secundario y fue relegado en su pequeño laboratorio australiano investigando a su "libre albedrío", en un país con una gran biodiversidad animal, algo imprescindible para sus estudios. Seguía recibiendo una cuantiosa financiación, excesiva, pues lo único que suponía un gasto importante era la gran cantidad de agua limpia que necesitaba utilizar.

Sacó de la máquina de escribir el folio en el que acababa de anotar su informe y le echó un último vistazo:

El espécimen empieza a acostumbrar cada vez más satisfactoriamente su parte humana al contacto con el agua, logrando pasar minutos sin tener que salir a la superficie. Aunque el proceso de adaptación total todavía será largo.
Su parte inferior está totalmente adaptada al medio y consigue moverse con gran fluidez.
Psicológicamente se ha detectado un leve trastorno del espectro autista, probablemente debido a la nula comunicación y socialización con más individuos. En los

últimos días ha realizado cuantiosas preguntas que se podrían calificar de inusuales. Su conocimiento del mundo exterior se basa únicamente en las cintas de vídeo y televisión que se le permite visionar. Quizá haya que aumentar su contacto con el mundo real.

Brisbane, 6 de enero de 1990

—¿Que qué eres? Ya lo sabes, una sirena —respondió Lev levantándose de su silla y llevándose su informe hasta un archivador cercano.

—No me refiero a eso. Sé que me parezco a esas grabaciones que me pones y a las representaciones que salen en esos viejos libros, pero... no sé, necesito conocer a alguien más que sea como yo. O al menos... —dijo haciendo una pausa— a alguien más en general.

Lev cerró el archivador y miró de forma peternal a la sirena por encima de sus sucias gafas redondas.

—Ya te he dicho en alguna ocasión que no puedes conocer a nadie más como tú porque sencillamente no hay más. Eres única. Y eso es lo que hace que seas tan especial —añadió con una sonrisa—. Y sobre conocer a más personas... ¿no te vale conmigo?

La sirena se sumergió en su tanque y empezó a moverse muy rápidamente en círculos creando un pequeño remolino. Lev corrió preocupado lo más rápidamente que le permitía su edad hacia el cristal.

—¡Eh! ¡Para! ¿Qué estás haciendo?

La sirena siguió dando vueltas aun más rápido y creando un remolino cada vez más potente, el agua empezaba a salirse del tanque.

—¡Que pares! ¡Te vas a marear! No me obligues a encerrarte —dijo Lev acercándose a un panel de mandos que le daba acceso al cierre hermético del tanque.

El remolino fue amainando mientras la sirena dejó de moverse y se dejó llevar por él dando vueltas cada vez más lentamente. A los pocos segundos emergió y se asomó con los ojos cerrados.

—Te has mareado, ¿verdad? ¿Por qué has hecho eso?

—No —respondió sin abrir los ojos—. No he hecho nada. Quiero conocer a alguien más.

A Lev le estaba empezando a cansar la actitud y la forma de hablar casi telegráfica de su sirena. La miró seriamente directamente a los ojos durante unos momentos y ya tranquilizado fue hacia una esquina del laboratorio donde había un oxidado armario metálico. Lo abrió y sacó un cubo de fregar y una fregona que llevó hasta el lugar que habían encharcado los violentos movimientos de la sirena para empezar a limpiarlo.

—Mira lo que me haces hacer a mi edad…

—Lo siento —pronunció de forma solemne la sirena—. Tampoco eres tan mayor o al menos te conservas bien.

El científico dio un respingo, hacía años que no le decían algo tan parecido a un piropo. Tampoco era muy fácil recibir uno cuando no tenía trato con demasiadas personas y menos aun de carácter físico, con el rostro demacrado y el cuerpo tan encorvado que tenía en los últimos meses.

—Vaya, gracias. Ehhh, pensaré lo de traer a alguien para que le conozcas, ¿vale?

—Vale.

Lev terminó de fregar, metió la fregona dentro del cubo y fue con ella de vuelta al armario.

—Pero Lev...

—Dime —respondió resignado y parando en seco.

—¿Qué soy?

Lev miró al suelo y resopló. Echó una ojeada a la sirena, sonrió y continuó su camino hasta el armario. Lo abrió lentamente y guardó todo de forma cuidadosa. Sacó un pastillero del bolsillo superior de su bata del que extrajo otra pequeña pastilla blanca que se metió en la boca. La rompió con las muelas y bebió un trago de un vaso de agua que había sobre su escritorio para poder tragar mejor. Se sentó en su silla y con las ruedas la acercó hasta el tanque, hasta tener a la sirena de frente.

—¿Que qué eres? Eres Dios.

3

Cormac pagó la carrera del taxi, que le pareció extraordinariamente cara, cogió sus maletas del maletero y se bajó. Asumió que salir del aeropuerto incluiría un suplemento, pero aun así le sorprendió la cuantiosa cifra. No tenía ni ganas ni tiempo para discutir así que pagó sin quejarse, por suerte el dinero no era un problema.

Se aseguró de tener la peluca en su sitio y comprobó que estaba en el lugar correcto. Todavía recordaba vagamente aquel anticuado bloque de pisos en el que vivía Lev, lo que no conseguía recordar era el piso exacto. Se acercó al portal esperando que hubiera un portero que le pudiera echar una mano. Mientras subía los escalones sus esperanzas iban menguando, pues la portería parecía llevar años sin uso, con la puerta cerrada, y ventanas tapadas con cartones y llenas de polvo.

«Maravilloso», se dijo así mismo.

Todavía eran las 8 de la tarde así que era probable que todavía no hubiera llegado Lev, que le había citado por la noche. Cormac se había pasado la tarde en una cafetería del aeropuerto, comiendo y pensando qué podría hacer si Lev no le resultaba de ayuda. Estaba seguro de que su vida estaba en serio peligro y necesitaba saber por qué querían acabar con él. Irónicamente, trabajar con las mayores agencias de espionaje del mundo le había proporcionado las habilidades para escapar de las mismas. Además, gracias a un chivatazo de un excompañero pudo evitar un atentando contra su vida y obtener una pista que le conducía a África. Si Lev le fallaba, ¿qué podría hacer? Tenía un par de pisos francos de su propiedad en la ciudad a los que poder acudir, equiparse y prepararse si las cosas se torcían. Pero

¿prepararse para qué? ¿Tendrían vigilancia aquellos pisos? En pocas personas del mundo podría confiar, en esos momentos pensó en Connor, un antiguo amigo y alumno suyo en la academia militar, convertido ahora en policía de una pequeña comisaría en Dublín. Si todo saliera mal no tendría más remedio que contactar con él, aunque involucrarle en un tema tan grave fuera lo último que quisiera. Suspiró.

En esos momentos bajaba por las escaleras con una escoba una mujer canosa de unos sesenta años, con ropa de señora de la limpieza, algo que le llamó la atención en un edificio tan destartalado. Pensó en preguntarle por el piso de Lev.

—Buenas tardes, señora. ¿Le puedo hacer una pregunta? —dijo amablemente Cormac.

—No gracias, ya tenemos biblias —respondió la señora barriendo el portal y sin mirarle a la cara.

Cormac entrecerró los ojos, miró hacia un lado y arrugó la boca sin saber muy bien qué le acababa de decir.

—No, señora. No vendo nada. Solo quiero saber si me puede indicar dónde vive Lev Pavlov —dijo esperando que usara su verdadero nombre.

—No sé quién es ese —respondió de forma desagradable.

—A ver, un señor mayor, un científico que habla con acento ruso… —añadió intentando no perder los nervios.

—¡¿Ese soviético comunista sinvergüenza?! ¡No me hable usted de ese señor! ¿No será usted amigo suyo? — preguntó amenazándole con el palo de la escoba.

—Yo, yo…

En ese momento se abrió la puerta del portal y apareció Lev. A Cormac le costó reconocerlo sin su típica bata de laboratorio y con unos cuantos años más encima. También le sorprendió lo raída que llevaba una camisa de cuadros rojos y amarillos y lo desgastados que llevaba unos pantalones vaqueros.

—Ya está bien, Mary. Deje a este hombre en paz.

—¿Que le deje en paz? ¡Es él el que ha empezado!

Lev la ignoró, cogió del brazo a un incrédulo Cormac y le indicó que le siguiera hasta el ascensor.

—Pe-pero.

—No hagas caso, vámonos.

Entraron en el arcaico ascensor en el que casi no cabían con las dos maletas de Cormac, Lev cerró la puerta que produjo un chirrido metálico y apretó el botón del piso tres. Cormac le miró con los ojos como platos.

—¿Qué-qué acaba de pasar? ¿Qué le has hecho a esa mujer? Y lo que es más importante, ¿qué le he hecho yo? —añadió con un intento de sonrisa.

—Nada, no te preocupes. Esa mujer no está bien de la cabeza y además hemos tenido nuestras diferencias políticas, cree que los rusos tienen la culpa de la crisis, que van a comenzar la Tercera Guerra Mundial o algo así y me acusa de trabajar para ellos. Yo le intento explicar que no siento simpatía por el actual gobierno, pero ella empieza a gritar y ahí acaba la discusión.

—¿El actual gobierno? ¿El del Glásnost y la Perestroika que han conseguido tirar el muro? Si gracias a eso ha acabado la Guerra Fría y dicen que el mundo vive con cierta paz. Aunque haya desaparecido tu querida Unión…

Lev miró por primera vez a Cormac a la cara, seriamente.

—Cormac, no sé qué has venido a hacer aquí, pero prefiero que no hablemos de esto. Solo diré que ese muro nunca debió caer. Preparémonos para un mundo en crisis continua.

—Vaaaale, lo siento, viejo loco —respondió Cormac intentando quitar hierro al asunto mientras el ascensor se detenía —Estáis todos muy alterados aquí, ¿no? Entre el taxista, la señora de la escoba y tú no me he encontrado a nadie normal desde que he salido del aeropuerto.

Lev abrió la puerta del ascensor con cierta dificultad y salió.

—Lo siento —se disculpó Lev con un intento de sonrisa—. He estado trabajando demasiado, pero por fin parece que las cosas empiezan a salir bien y el trabajo comienza a dar sus frutos después de muchos años.

—Ah, ¿sí? —respondió Cormac curioso—. Me alegro. ¿Estás metido otra vez en temas espaciales o algo así?

—Hmmm, puede ser, no es el objetivo principal, pero puede resultar útil en ese campo.

—Bueno, bueno, me dejas con la intriga. Me lo tienes que contar.

—Quizás —dijo añadiendo una pausa—. Y… es posible que necesite tu ayuda en mi próximo experimento.

—Si mi vida no corre peligro, claro que sí —respondió Cormac mostrando una sonrisa que se podía atisbar a través de su barba canosa.

—No, tranquilo —dijo para a continuación señalar a su izquierda a la puerta de un piso—. Es aquí.

Lev abrió tres cerrojos con tres de las cuantiosas llaves que llevaba en un llavero con el símbolo "CCCP" en cirílico y entró después de abrir de un empujón la maltrecha puerta. Cormac le siguió con sus maletas y después de atravesar un pequeño recibidor le sorprendió ver el interior de aquella casa cuando Lev encendió la luz consistente en una bombilla colgando de un cable: un salón con una mesa llena de platos con restos de comida y encima de ellos papeles con garabatos, periódicos tirados por el suelo, un sofá desconchado y lleno de manchas de lo que parecía café cubierto por ropa sucia, una tele pequeña que parecía no funcionar…

—Pero ¿quién vive aquí? ¿Estudiantes de intercambio?

—Ya…ya, sé que tengo que adecentar esto un poco —dijo Lev recogiendo aprisa todos los papeles que pudo de encima de la mesa—. Pero es que he tenido mucho trabajo.

—Bueno, tranquilo —respondió Cormac sentándose en la única silla que no estaba ocupada por cosas—. Pero ¿la agencia no te da bastante dinero como para irte a otro sitio mejor? ¿O mandarte a alguien que te ayude a limpiar esto?

—No —respondió tajantemente desde una habitación a la que se había ido a dejar los papeles que había recogido—. Bueno, ahora mismo no se inmiscuyen demasiado en mi trabajo y es algo que prefiero así ahora mismo. Además, paso la mayor parte del tiempo en el laboratorio —añadió tomándose una pastilla de un bote naranja que había sacado de un desvencijado armario del salón.

—Ya… —concluyó Cormac no muy convencido—. ¿Qué es eso que tomas?

—¿Eso? —dijo señalando al armario—. Digamos que "fenciclidina light", un invento mío.

Cormac intentó recordar de qué le sonaba aquel compuesto. De pronto giró la cabeza hacia el armario y hacia Lev un par de veces antes de hablar incrédulo:

—¿Cómo? ¿PCP? Si es tóxico además de ilegal.

Lev soltó una carcajada tenebrosa y extraña.

—Es lo primero ilegal que hacemos, ¿verdad?

—No… pero eso te puede matar. Te puede dar un ataque al corazón, volverte esquizofrénico o que alucines —respondió preocupado Cormac—. Nos lo dieron en la guerra para calmar los dolores y fue lo peor que nos pudieron dar. ¿Para qué demonios usas tú eso?

—Tranquilo, Cormac. Ya te he dicho que es "light", son excedentes que me proporcionaban para usar como anestésicos en mis experimentos con animales. Yo simplemente les he dado un nuevo uso, coge si quieres. A mí me alivia mis dolores y me da claridad mental.

Cormac abrió el armario, cogió el bote que ni siquiera tenía una etiqueta con lo que contenía en su interior y observó aquellas pastillas que parecían inofensivas aspirinas.

—No, gracias —contestó devolviéndolas a su sitio—. Pero deberías dejar de tomar eso.

—Bueno, tú sabrás. En fin, ¿qué necesitas de mí? —dijo acomodándose en un pequeño hueco del sofá, apartando toda la ropa hacia un lado.

—Pues de primeras, que me ofrezcas una cerveza, que soy irlandés. O un vodka de esos que solías beber, que seguro que tienes —respondió volviendo a su silla—. A no ser que hayas cambiado el alcohol por las drogas duras.

Lev le miró desafiante, se levantó y fue hacia la cocina. Volvió segundos después con dos botellines de cerveza, tirándole uno a Cormac que recogió al vuelo.

—Claro que tengo, viejo borracho.

—Eso está mejor.

Para que fueran casi las nueve de la noche seguía haciendo demasiado calor, así que Cormac se bebió prácticamente media cerveza de un trago. Lev por su parte solo le dio un pequeño sorbo mientras se quedaba con la mirada perdida.

—Me quieren matar, Lev —dijo de pronto Cormac volviendo a beber—. Simplemente necesito saber si tú sabes algo. O qué plan quieren llevar acabo los de arriba y que crean que yo quisiera sabotear.

—¿Christoph quiere matarte?

Cormac y Lev habían trabajado directa o indirectamente para Christoph y sabían de lo que era capaz. Una persona realmente poderosa e influyente en el mundo de la política junto a un pequeño grupo de consejeros. Aunque sus nombres no aparecieran en los medios de comunicación, podían producir la suficiente influencia como para derrocar presidentes y provocar golpes de estado, controlando varios lobbies y teniendo a su disposición las más importantes agencias de espionaje del mundo.

—Eso parece. Y por tu pregunta parece que no sabes nada que me pueda ayudar.

—Hace tiempo que el plan del "Nuevo orden mundial" me da bastante igual —pronunció Lev sonriendo y realizando el gesto de entrecomillar con los dedos—. Pueden hacer lo que quieran y no podemos hacer nada contra ello. Y lo sabes.

—Ya… ¿y no has oído nada sobre sus próximos movimientos?

—Lo cierto es que… hace unos meses, en una reunión que tuvimos en Londres sé que citaron a varios de los miembros a debatir… algo, en Kenia. Pero ni idea.

Cormac apuró las últimas gotas de su cerveza y miró hacia el suelo resignado.

—Perfecto —dijo irónicamente—. Pues al final va a ser cierto que en África iba a ocurrir algo. Acabaré yendo para allá…

—¿Y por qué no pasas de todo y comienzas una nueva vida? La peluca ya la llevas —dijo señalándole la cabeza—. Ya eres lo bastante mayor como para hacer de héroe. Incluso te puedes quedar conmigo ayudándome en mis experimentos.

Cormac negó con la cabeza, sin levantar la vista del suelo.

—Sabes que no, si sé que va a ocurrir algo injusto, debo hacer lo que pueda para evitarlo. Joder, ¡que me han intentado matar! —hizo una larga pausa—. Bueno, estaré un par de días por aquí, me pasaré por uno de mis pisos a recoger algunas cosas y acabaré volando hacia Kenia o a cualquier otro país de África o yo que sé.

4

—¿Te gustan mis pechos, Lev? —preguntó la sirena.

El científico entró en shock en ese momento. Prácticamente acababa de entrar en la sala y las únicas palabras que habían cruzado hasta ese momento eran unos simples saludos. Ya había notado que últimamente la sirena le estaba haciendo preguntas y diciendo cosas un tanto extrañas, pero aquella pregunta sí que le descolocó por completo. Tuvo que arrugar el papel en el que estaba escribiendo, hacer una bola y tirarlo a la papelera: realizó con su bolígrafo un trazo descontrolado que hizo que los cálculos que había hecho no resultaran legibles al escuchar tan extraña pregunta. De la forma más tranquila que pudo, abrió el cajón que tenía a la derecha de su escritorio y sacó un folio en blanco en el que se puso de inmediato a volver a escribir, sin dirigir la mirada al tanque de agua.

—¿Po-por qué dices eso? —intentó mantenerse tranquilo y hablar de la forma más serena posible, pero no le resultó fácil.

—En algunas ocasiones te he visto mirarlos durante un buen rato, Lev. Cuando estoy viendo algún vídeo de los que me pones y tú me miras mientras estás en tu máquina de escribir, cuando me vigilas mientras hago los ejercicios y entrenamientos que me pides… Incluso cuando estamos hablando lo haces. ¿Quiere decir que te gustan? En alguna cinta de las que he visto, a los hombres parecen gustarles mucho los pechos de las mujeres.

A Lev le empezaba a sacar de quicio la forma de hablar de la sirena. Por supuesto que se había fijado en sus pechos, a pesar de tener la apariencia de una adolescente, éstos estaban completamente formados y siguiendo "los cánones de belleza" se podría decir que eran casi perfectos, de tamaño medio, tersos y turgentes. A todo esto, se unía la nula visualización de una mujer desnuda a excepción de ella en muchos años. Pues claro que le gustaban.

—Ehh, no, no me gustan, no especialmente —dijo mientras seguía intentando fingir tranquilidad—. Bueno, que son bonitos, claro, pero no me deben gustar.

La sirena frunció el ceño y mostró una cara de enfado. A Lev le sorprendió ver al fin una muestra de sentimientos en ella, ya ni recordaba cuándo fue la última vez que vio en su cara una expresión que no fuera totalmente neutra.

—¿Cómo que no te deben gustar? ¿Qué significa eso? —preguntó indignada—. ¿No quieres tocarlos?

En ese momento a Lev sí que casi le da un ataque cardíaco, tampoco esperaba esa pregunta para nada. Si hacía años que no veía ningún pecho, muchos más hacía que no tocaba uno.

—Deja de decir tonterías —dijo Lev sin atreverse a mirarla y yendo hacia la puerta dispuesto a irse sin terminar su trabajo del día.

Había dejado a Cormac en su casa pensando si debería presentárselo a la sirena. Definitivamente lo que acababa de ocurrir le hizo pensar que necesitaría la ayuda de Cormac para intentar mejorar la situación de la sirena. Se acercó al televisor de la sirena, situado en una especie de estantería a un metro de altura y cambió la cinta VHS que había puesta en el reproductor de vídeo. Pensó que cambiar la serie juvenil que estaba viendo por un documental sobre la Segunda Guerra Mundial sería más adecuado.

—Eh, ¿por qué quitas eso? ¡Me gusta!

—Es una mala influencia. Además, lo que vas a ver ahora te ayudará a comprender a una persona que te voy a traer mañana para que la conozcas.

La sirena ni se inmutó.

—Lev.

—Dime —dijo levantando la vista hacia ella al fin.

—Quiero morir.

5

Cormac estaba en el salón de la casa de Lev, dando vueltas a sus pensamientos y sin saber qué hacer a continuación. Jugueteaba con un mechero dándole vueltas sobre sus dedos con la mirada perdida en la suciedad que seguía reinando en aquel lugar. Se masajeó el cuero cabelludo después de haberse quitado la peluca que ya ni recordaba que se había puesto y cerró los ojos. Se planteó rendirse, empezar una nueva vida en cualquier parte del mundo gracias a sus múltiples pasaportes falsos y olvidarse de Christoph, sus colegas y la política mundial. Negó con la cabeza y se levantó para pasear por la casa. Al entrar al pasillo intentó girar el pomo de la puerta de la habitación en la que Lev había guardado corriendo sus papeles, pero no cedió, estaba cerrada con llave. Pensó que a saber qué locuras y experimentos de su antiguo compañero habría allí y en qué estaba metido ahora mismo. Regresó al salón al escuchar que la puerta de la entrada se abría con ferocidad. Apareció Lev con cara de psicótico.

—¿Ya aquí? Rayos, que poco trabajas —le dijo Cormac.

Lev cerró la puerta y fue hacia la cocina donde se llenó un vaso de agua y se lo bebió de un trago. Cormac le siguió.

—Creo que necesito tu ayuda —dijo algo intranquilo—. Con… con el experimento que te dije, creo… creo que se me va de las manos.

Cormac alzó una ceja.

—Si ni siquiera me contaste qué era lo que estabas haciendo.

—Ya, lo sé. Ven al salón y te lo cuento todo.

Lev fue hacia allí y se sentó una de las sillas, apoyando los codos en la mesa y la barbilla en las manos.

—A ver, que me estás asustando —contestó Cormac sentándose en frente de él.

Lev respiró hondo y se preparó para hablar. Nunca había compartido con nadie sus avances ni sus investigaciones actuales, simplemente estaban escritos en informes que ninguna persona a excepción de él había leído.

—Te va a sonar raro— dijo—. Pero en mi laboratorio… tengo una sirena.

Cormac se quedó mirándole a los ojos alzando sus cejas, esperando que le dijera en algún momento que le estaba tomando el pelo.

—Una sirena.

—Una sirena —repitió Lev asintiendo.

Cormac pensó que su amigo exsoviético ya habría perdido el juicio del todo o sus drogas le habrían afectado demasiado.

—Te lo digo en serio, y necesito que hables con ella porque se está volviendo loca al no conocer a más personas que a mí.

—Ya… —respondió notando cierta ironía en que su amigo llamara loco a alguien.

—¡Dios! —espetó histérico—. No me crees. Solo me tienes que acompañar.

—Pero vamos a ver, tranquilízate prime…

—Cormac —le interrumpió—. Te hablo en serio, tengo un híbrido entre humana y pez en un tanque enorme en mi laboratorio. Es alto secreto, ni siquiera deberías saber de este tema, pero te necesito.

El viejo irlandés empezó a creer que podría ser posible lo que le estaba contando por loco que pareciera. Si algo había visto trabajando para las altas esferas era la cantidad de tecnología y avances médicos que se mantenían en la sombra y se iban haciendo públicos a la población con cuentagotas.

—A ver, supongamos que me creo todo esto —dijo haciendo círculos con su mano derecha—. ¿Me puedes decir por qué estás trabajando en esto?

—Vale —se resignó Lev notando que se le acababa el tiempo —. Todo esto me lo han encargado para hacerlo público a la población en caso de pérdida de fe. Dar pruebas de que existe algo más poderoso y sobrenatural que ellos y así puedan someterse a un gobierno mundial.

Sé que también se está trabajando en hologramas titánicos para conseguir el mismo efecto.

Cormac sabía que sus "jefes" controlaban la mayoría de los gobiernos del mundo o al menos tenían gran influencia, pero de ahí a lo que estaba escuchando había un paso.

—Lev —le dijo preocupado—. Sigamos suponiendo que me lo creo. ¿Pero una sirena? ¿Qué fe vas a recuperar con eso? Como mucho probarás alguna antigua leyenda marina.

—Lo sé, una sirena es el primer paso. Pero imagina un híbrido humano y ave: un ángel. Un ángel que venga a traernos la palabra de un dios. O un híbrido humano con la piel de reptil que se parezca al típico extraterrestre de las películas y podamos fingir una invasión extraterrestre. ¿Lo entiendes ahora? —Lev estaba cada vez más emocionado y con los ojos desorbitados.

Cormac de pronto movió la cabeza de un lado a otro, había algo que descuadró sus pensamientos del todo e intentó esclarecer con una pregunta:

—Lev, ¿de dónde la habéis sacado? ¿En qué fondo abisal u océano la habéis encontrado?

El ruso se echó para atrás y sonrió por primera vez desde que había entrado en su casa.

—¿No has escuchado nada de lo que he dicho? —dijo dejando una pausa y mirando retador a su amigo—. Te he dicho que son híbridos. La sirena es una creación mediante ingeniería genética mía y solo mía. Soy su padre.

A Cormac se le heló la sangre. Prefería no entender todo lo que estaba escuchando.

—Es… es imposible. ¡Estás loco! No puedes cruzar un mamífero y un pez… ¡imposible!

—Ay, Cormac. Puedes ser un genio del espionaje y esas cosas, pero de genética sabes poco. A grandes rasgos te puedo decir que seleccionando genes de peces y creando embriones hasta conseguir uno que tenga la típica cola de sirena de las películas no es muy difícil, se necesitan muchos intentos, pero ya está.

—¿Y la parte humana, Lev? —preguntó teniendo miedo de la respuesta.

Lev arrugó la boca y agachó la cabeza.

—Bueno, como puedes imaginar eso es más difícil. No puedes seleccionar genes humanos para que te salga una cola de pez, la verdad. Sí o sí necesitas unir o coser o como lo quieras llamar la parte humana y la parte pez, y después adaptar poco a poco a la parte humana al agua. Lo malo de esto es lo mismo que con el pez, se necesitan muchos intentos. Descubrir que cuanto más joven es el espécimen humano más fácil es que se adapte fue la clave.

A Cormac le dio un escalofrío y casi le entran ganas de vomitar, pero necesitaba seguir preguntando.

—Lev, por favor, ¿de dónde has sacado los "especímenes" humanos?

—Por favor, Cormac. Yo no sé nada, a mí solo me proveen.

Cormac recordó en ese momento la cantidad de noticias de niños desaparecidos que se habían dado en las últimas décadas en Australia y le dio un vuelco el corazón. Recordó también que había habido un repunte en la mortalidad infantil en los hospitales del país y prefirió no pensar en ello.

—No me has tenido que contar esto —dijo seriamente. En esos momentos tenía una misión que cumplir, o al menos que descubrir y seguir con vida, pero esto acababa de trastocar sus prioridades—. No puedo permitir que sigas con esto.

—¿Qué? —respondió sorprendido Lev—. Trabajamos en el mismo bando, debes ayudarme y dejar tus impulsos a un lado.

Cormac solo sintió repulsión.

—De todas formas —continuó el ruso hablando con superioridad—. He contactado con Christoph para que me envíe un agente de protección por si me salías con estas. Así que tú decides.

Escuchar esas palabras produjo en Cormac un repentino pánico. ¿Un agente? Probablemente si le descubría le intentaría matar. No podía creer que en unos minutos todo se hubiese torcido más aun de lo que ya estaba. Ahora sí que tenía que esconderse o huir cuanto antes e intentar parar además los horribles experimentos de Lev. Su cabeza empezó a funcionar a toda máquina mientras su amigo seguía mirándole, mostrando una ligera sonrisa y unos ojos tremendamente abiertos y que casi no pestañeaban. Pensó que aunque no estuviera en la mejor forma física posible, Lev lo estaba aún menos y podría reducirle sin demasiados problemas si actuaba rápido. Aunque debía tener en cuenta que el estado mental de ese hombre le podría convertir en una persona impredecible y peligrosa.

Debía actuar inmediatamente.

Cormac se levantó volcando la mesa con todo lo que había encima hacia Lev intentado cogerle desprevenido. En medio de la sorpresa del viejo ruso que seguía en su silla sentado, bordeó la mesa volcada e intentó agarrarle de la camisa con ambas manos. Antes de conseguir hacerlo sintió un golpe en el lateral de la cabeza. Lev había cogido uno de los botellines de cerveza vacíos que se habían tomado el día anterior y se lo había reventado rápidamente en la cabeza, rompiéndose en mil pedazos y quedándose solo con el cuello de la botella en la mano.

Lev se sobrecogió con su propia reacción.

A Cormac todo se le volvió negro.

6

—Pareces preocupado, Lev, tienes mala cara —dijo la sirena— ¿Ha pasado algo?

El científico acababa de entrar preocupado en su laboratorio. ¿Por qué Cormac le obligó a hacer aquello? Eran amigos, solo le había pedido su ayuda y ahora no sabía siquiera si estaba vivo o si se iba a recuperar. Y lo que era peor, no tenía a nadie de confianza para presentar a la sirena. El agente que había pedido a Christoph estaba en camino y le había ordenado que fuera directamente a su casa. Allí había dejado encerrado a Cormac con la cabeza ensangrentada, que había llevado a duras penas a su habitación. Su misión sería encargarse de él, fuera el que fuera el estado del irlandés. Quizá ese agente podría ser el siguiente candidato para conocer a la sirena. Lev necesitaba hablar con ella.

—Sí, ha pasado algo —dijo tomándose otra de sus pastillas blancas y mirando con dureza a la sirena—. Y ha sido por tu culpa.

La sirena inclinó la cabeza hacia un lado, como si no entendiera lo que le acababa de decir.

—No me gusta el vídeo ese de la guerra que me has puesto. Me parece horrible.

—¡¿No me escuchas?! —gritó Lev—. Por tu culpa y tus ganas de que te trajera alguien me has obligado a hacer daño a un amigo y quizá ahora esté muerto.

—¿Y por qué le has hecho daño? Solo tenías que traerlo aquí —dijo para después sumergirse en el agua para refrescarse.

A Cormac le iba a explotar la cabeza, cada vez le sacaba más de los nervios su experimento. Estaba pensando en cerrar la parte superior del tanque, algo que ella temía y así no volver a tener que dirigirle la palabra. Simplemente seguir con el proceso de adaptación, que iba por buen camino e informar de los resultados cuando finalizara.

—No es tan sencillo, creo que la gente todavía no está preparada para conocerte.

La sirena se entristeció y apoyó la cara en el borde del tanque, sobre sus brazos cruzados y suspiró.

—No pasa nada, Lev —dijo sorprendentemente muy sonriente—. Contigo me basta.

El científico se acercó al tanque. La verdad es que esas palabras le reconfortaron.

—¿De verdad?

—Sí… —dijo sin dejar de sonreír—. Además, creo… creo que te amo.

—¿Qué? No, no, no, tienes la cabeza hecha un lío —contestó echándose para atrás.

—¡Que no! Te lo digo de verdad.

Lev no sabía como tratar ya con ella. Todo se había descontrolado de forma total desde hacía unos días.

—Necesito una muestra de afecto, aunque sea —continuó la sirena—. El otro día no me quisiste ni tocar, pero ¿me podrías dar un beso en la mejilla o un abrazo como en esas películas tan bonitas que en ocasiones me pones?

El ruso estaba anonadado. Su experimento nunca había mostrado tan fuertemente unos sentimientos así, y menos aún, tan positivos. Meditó durante unos instantes y aunque en principio le parecía una locura, cogió una de las sillas metálicas que había cerca de su escritorio y la acercó al tanque para subirse en ella y ponerse a la altura de la sirena. Cuando lo hizo, se quedó embobado mirando sus rasgos tan suaves y sus intensos ojos del color del mar. Hacía mucho tiempo que no la miraba tan de cerca.

—No te voy a negar un abrazo a estas alturas. Aunque me mojes un poco, jejeje.

Lev haciendo equilibrios en su silla, estiró con dificultad los brazos para intentar rodearla. Cuando lo consiguió, notó la fría y húmeda piel de su sirena. Segundos después, ella le correspondió y durante unos instantes se mantuvieron abrazados.

De pronto, con una fuerza sobrehumana, la sirena tiró del científico hacia atrás y consiguió introducirlo en el tanque. Lev, poniendo una cara de terror, intentó zafarse, pero casi no podía competir con la fuerza de su sirena. Sin dejar de sujetarlo, fue hasta el fondo del tanque y lo mantuvo allí durante unos momentos sin mucha dificultad, hasta que los gritos ahogados dejaron de formar burbujas que salían hasta la superficie y los pulmones de Lev se encharcaban de agua.

Epílogo

Cormac recuperó el conocimiento con un increíble dolor de cabeza. Abrió los ojos con dificultad e intentó vislumbrar dónde estaba. Se encontraba tirado en el suelo de una habitación en penumbra con la puerta cerrada. Con cierta dificultad consiguió incorporarse un poco y pudo sentarse en el suelo, apoyando la espalda contra una cama sucia y sin hacer. Se palpó la sien derecha y notó sangre reseca en el pelo enmarañado. Observó el lugar del suelo en el que había estado tirado y comprobó que había un pequeño charco de sangre.

«Hijo de puta… Espero no haber perdido mucha sangre», pensó mientras se apretaba la herida de la cabeza.

Intentó relajarse inspirando hondo para acabar con el dolor y mareo que le había provocado aquel botellazo. En seguida supo que tenía que actuar rápido, no sabía por qué estaba en aquella habitación, en la que dormía Lev. Lo último que recordaba era aquella pelea en el salón y desplomarse allí. ¿Por qué le había llevado hasta aquella habitación? ¿Seguiría el científico en el piso? ¿Habría llegado aquel agente del que había hablado? Las preguntas se le agolpaban y le preocupaba perder tiempo. Se incorporó y se sentó en la cama, desde la que observó la puerta. Vio que el pomo no tenía cerradura, así que al menos podría salir de aquella habitación, aunque sin saber qué habría fuera. En ese momento oyó que la puerta de la entrada se abría con su sonora dificultad. Cormac entró en alerta, sabía que iban a por él. Por suerte la puerta de la habitación no era visible desde la entrada y podría salir si lo hacía rápidamente. Valoró sus opciones: miró por la ventana, era un suicidio intentar salir por allí; debajo de la cama, era absurdo;

26

meterse en un armario, ni siquiera podría entrar. El mejor plan que se le ocurrió era salir de allí y meterse en el baño, que estaba justo enfrente y esperar que no hubiera nadie por allí y quien quisiera que hubiese entrado que fuera directamente a la habitación. Sin esperar ni un segundo más se dirigió a la puerta y la abrió lo más rápido que pudo sin hacer ruido. Le alivió no oír voces, quería decir que la persona que había entrado estaba sola. Cerró la puerta tras de sí y se metió en el baño.

Intentó buscar algo de utilidad que le pudiera servir en caso de un enfrentamiento cuerpo a cuerpo, pero no encontró nada. Pensó que quizá tendría cloroformo o algo del estilo por ahí, pero no, ni siquiera nada punzante como podrían ser unas tijeras. Miró a su alrededor y vio un peine y un pequeño frasco de colonia, nada útil. Al fijarse en la mugrienta toalla de manos recordó sus entrenamientos militares y de espionaje. Utilizarlos bien era su única esperanza, así que cogió la toalla, enrolló cada extremo en cada una de sus manos y lo tensó.

Comenzó a oír pasos que se acercaban sigilosamente y muy despacio. El corazón le latía a mil por hora cuando vio una sombra aparecer por el pasillo. Escondido detrás de la puerta semiabierta del baño, vio a un tipo rubio y trajeado que llevaba una pistola en una mano y con la otra iba a abrir el pomo de la puerta de la habitación de la que había escapado Cormac. Cuando giró el manillar, entró de golpe sujetando la pistola con las dos manos y buscando con la mirada por toda la habitación.

«Ahora o nunca», se dijo Cormac.

Rápidamente salió del baño y elevando las manos sobre la cabeza del tipo que estaba de espaldas consiguió rodearle el cuello con la toalla y tirar hacia atrás de él. El hombre instintivamente tiró su pistola y llevó sus dos manos a su cuello, intentando liberarse del estrangulamiento. Aunque el tipo tenía fuerza, Cormac consiguió tirarse al suelo con él y seguir forcejeando sin dejarle un respiro. Unos segundos más y aquel tipo perdería el conocimiento.

Después de unos instantes que a Cormac le parecieron eternos, el hombre trajeado dejó de moverse. Cormac por su parte cayó rendido al suelo del pasillo por el esfuerzo titánico que había tenido que hacer, pero se levantó después de tomar un poco de aire y de esperar a que las pulsaciones le bajaran a un ritmo más pausado. Corrió hacia la cocina para buscar algo que le sirviera de cuerda, pero nuevamente no fue fácil. Cogió ropa sucia de Lev y se la llevó donde estaba su atacante. Le ató brazos y piernas con unos cuantos calcetines ejecutivos y le amordazó la boca con una camiseta, atándosela alrededor de la cabeza. Nuevamente su entrenamiento para utilizar cosas comunes como armas y mordazas le había resultado muy útil.

Tenía claro lo próximo que tenía que hacer: ir a por Lev y la sirena y acabar con todo aquello, pero ¿dónde estarían? Sabía por dónde podría empezar. Recogió la pistola que había caído al suelo y fue con ella directamente a la habitación que Lev había cerrado con llave y en la que había escondido los papeles que había en la mesa del salón la primera vez que Cormac había entrado en aquella casa. Por suerte, la pistola tenía silenciador. Apuntó con ella a la cerradura y apretó el gatillo. Se oyó un pequeño silbido, un ruido metálico y la puerta se abrió hacia dentro. Se apresuró a entrar para ver una especie de despacho con carpetas, cuadernos, hojas y archivadores sin ningún tipo de orden. Sabía que en algún lado tendría que estar escrita la dirección del laboratorio. Entre montones de informes lo consiguió encontrar en una pequeña factura de un envío de fenciclidina para uso veterinario. Conocía aquella zona, a unos quinientos metros de allí, así que, sin pensárselo dos veces, se metió la pistola en el pantalón y decidió ir allí cuanto antes.

Salió de la habitación y comprobó el estado del hombre que le había atacado, seguía inconsciente y firmemente atado. Fue hacia el baño, se limpió la herida con agua y salió del piso. Bajó las escaleras corriendo y en el rellano encontró a la mujer que estaba barriendo el día anterior.

—¿A dónde va con tanta prisa? —le espetó—. Seguro que usted y su amigo soviético no traman nada bueno.

—Claro que no, señora —dijo Cormac sin parar.

Unos minutos después llegó a la dirección en la que se suponía que estaba el laboratorio. Por suerte, Lev le dijo que trabajaba solo desde hacía mucho tiempo. Le extrañó mucho el edificio, parecía casi un cobertizo alejado de todo, al lado del río Brisbane. Pensó que sería así para que nadie husmeara por allí y pudieran llevar en secreto sus enfermizos experimentos. Abrió la cerradura de la puerta con un tiro, esa pistola se había convertido en su llave universal. Al entrar vio un lugar vacío, donde solo había unas escaleras hacia una especie de sótano oscuro. Sin saber muy bien qué estaba haciendo, bajó por allí, el laboratorio debía ser subterráneo.

Llegó a un lugar sombrío y mal iluminado. Avanzó por un pasillo lentamente con la pistola por delante hasta llegar a una sala bastante grande donde podía oír el rumor de una televisión y ver un enorme tanque de agua. Allí no parecía haber rastro de nadie, ni de Lev, ni de sirenas. Más aún, el lugar parecía estar abandonado, lleno de charcos de agua. Mientras se acercaba al tanque de algo más de dos metros de altura vio cómo apenas estaba lleno hasta medio metro. Se siguió aproximando, mirando a su alrededor, hasta que vio una figura oscura flotando inmóvil en el agua. Cuando estuvo lo bastante cerca, pudo confirmar sin duda que era el cuerpo sin vida de Lev, que probablemente había muerto ahogado.

«¿Qué ha pasado aquí? ¿Qué has hecho, Lev?».

Vio que había una silla al lado del tanque y que probablemente había usado para meterse dentro. Pero no vio ni rastro de sirenas, es más, le parecía que era imposible que pudiera vivir allí nada si ni siquiera había agua en aquel tanque. Dio una vuelta por aquella sala, pero no encontró ni rastro de vida. No entendía nada.

Ya no podía hacer nada por su amigo y mucho menos por las "sirenas". Intentó descubrir algo leyendo los informes que había sobre la mesa, pero no le aclaraban nada. Una sirena no podría haber escapado por ningún sitio.

Sintió que su misión había acabado.

Pero tenía otra, por la que originalmente había ido a Australia. Y había una persona en casa de su fallecido amigo del que podría obtener información.

Se guardó la pistola y se fue de aquel lugar.

Y una cosa final

Bueno, aquí acaba la historia de "Sirenas". Espero que te haya gustado o al menos te hayas entretenido un ratito.

Si quieres conocer las siguientes aventuras de Cormac te invito a leer "Dos balas", la continuación directa de esta historia.

Álvaro Rosa